百年新诗百部典藏 / 马启代 主编

朱湘诗选

朱 湘 著

马启代 马晓康 编

江苏凤凰美术出版社

全国百佳图书出版单位

图书在版编目（CIP）数据

朱湘诗选 / 朱湘著；马启代，马晓康编 . -- 南京
江苏凤凰美术出版社，2018.10
（百年新诗百部典藏 / 马启代主编）
ISBN 978-7-5580-5125-8

Ⅰ . ①朱… Ⅱ . ①朱… ②马… ③马… Ⅲ . ①诗集－
中国－现代 Ⅳ . ① I226

中国版本图书馆 CIP 数据核字（2018）第 198337 号

责任编辑　曹昌虹
装帧设计　小马工作室
责任监印　唐　虎

书　　名　朱湘诗选
著　　者　朱　湘
编　　者　马启代　马晓康
出版发行　江苏凤凰美术出版社（南京市中央路 165 号　邮编：210009
　　　　　北京凤凰千高原文化传播有限公司
出版社网址　http://www.jsmscbs.com.cn
印　　刷　河北飞鸿印刷有限责任公司
开　　本　710mm×1000mm　1/16
印　　张　10
版　　次　2020 年 4 月第 1 版　2020 年 4 月第 1 次印刷
标准书号　ISBN 978-7-5580-5125-8
定　　价　28.00 元

营销部电话　010-64215835-801
江苏凤凰美术出版社图书凡印装错误可向承印厂调换　电话：010-64215835-801

目 录

总序

转眼新诗已百年

马启代

　　早在 20 世纪的最后几年，大家已在议论新诗百年的事情，近年来，"新诗百年"的话题和各类活动甚至与社会商业活动携手并肩、大有超越诗歌本身的勃兴之势。事实上，看似在热闹中诞生的新诗，其本性与喧嚣并无基因上的联系。艺术与人类历史一样，有着表面风风火火的一面，也有着沉潜低回的另一条趋线。作为伴随新文学诞生的一个新兴文体，它呱呱坠地的时代的确可以用狂飙突进来标示，故我虽一向把社会"思潮"与"诗潮"的相伴相随作为认识百年新诗的一个重要视角，但我并不认同仅仅把波涛浪峰上的那些弄潮者看作新诗百年的代表，也就是说那些以潮流和流派及其风云人物为特征的历史叙事所构成的只是一个粗线条的描述，正是"思潮"与"诗潮"的历史共振，加上民族危难和社会动荡所造成的探索中断和精神异化，新诗所欠下的旧账一再被后来者忽略或轻视，仿佛一个亢奋的战士，冲锋中丢弃了装备，几番沉浮，在这个百年的节点，正是反思得失、检视成败的契机。当然，作为在争论甚至反对声中活得多数时候都青春四射的新诗，对质疑和批评的回应与对自身缺憾和弊端的正视从来都是一体两面需要痛加剖析、修正的问题。

　　我想略通"近代史"的人都会理解，产生于春秋战国以来极少出现的思想自由争鸣时期的新文学，结出新诗这个果实，既是必然，也显得匆忙。我们至今对它的称谓还有争议，如白话诗、自由诗、新诗、朦胧诗、现代诗、汉语新诗、新汉诗等，各有历史定位和美学指向，但莫衷一是，互不认同。此外，关于新诗诞生的历史成因、艺术脉络也各执一词，互有个见。我曾在《新汉诗十三题》中说过，它的源头不是旧诗，它与古诗、律诗、词、曲的代终体换不同，新诗直接来源于外国诗，不是一般的启示与借用，但新诗最终应是民族文化求新求变的产物皆赖于外来文化的刺激复活以及几代学人承前启后的不懈挽救。借此界定新诗的生日——假如非要有一个最大认同公约数的时间，我想，既不是胡适在《尝试集》中几首诗后面标注的 1916 年，也不是《新青年》2 卷 6 号刊发胡适《白话诗八首》的 1917 年，而应是《新青年》4 卷 1 号刊登胡适、沈尹默、刘半农九首诗的 1918 年 1 月。显然，作为《白话文学史》作者的胡适，深知"白话诗"与"新诗"在观念、精神和美学追求上的不同。他在 1917 年 1 月发表在《新青年》上的《文学改良刍议》被认为脱胎于美国女诗人洛威尔的《意象派宣言》，而意象派运动其主要旨趣在于解放英语诗歌的形式和语言，尽管他的代表人物庞德据说受益于中国古典诗歌的翻译。

但毋庸置疑的是，新诗承续了发端于 18 世纪以来世界范围内的诗歌自由化趋向，其背后蕴藏的历史人文内涵和深刻的人类精神走向乃潮流和大势。百年来，世界和中国都发生了许多亘古未有的大变化，人类在苦难和荣光中创造的无数诗篇，成为记录人类心灵和精神变化的珍品。尽管至今尚有人对新诗做出实验失败的定论，近年旧体诗创作日隆，也大有复兴的气象，但无须争辩的事实是：首先，新诗是个伟大而粗糙的发明（沈奇语），它无愧于百年风雨沧桑的砥砺磨洗（张清华语），你即便说它不成功，但也不能无视它有成就（桑恒昌语），穿越百年的时光隧道，战争、天灾、人祸以及正常或不正常的生存考验，新诗已经成为现代人重要的灵魂洗礼和精神救赎的载体。熊辉教授在《纪念新诗百年》中认为百年新诗的发展，最大的成功是确立了自身的文体优势。分行排列的自由书写成为承载现代人情感和思想的有效形式，而吕进教授把新诗看作"内视点"文学的主张，为现代新诗内在形式的确立提供了理论依据。其次，新诗采用大量口语和白话进行书面转化，使古老的汉语焕发出新的生机，重新把优雅与深邃找回，其在唤醒和复活民族灵性上体现出无可替代的前景。最后，我认为新诗与社会思潮与生俱来的根性联系，使其始终勃发着一颗求新求变的魂魄，百年来，它对于中国人精神的塑造居功至伟。

当然，一个百年的文体也许还处于未完成时，尽管许多文学史、诗歌史已翻来覆去根据不同时期的政治需要和个人诉求做过这样那样的修订甚至重写，事实上，所谓百年我们也不妨做模糊的理解，百年新诗也许尚未走出自己的青春期，业已形成的传统还显单薄，无论是文本本身还是理论批评范畴都面临着很多需要解决的问题。新诗不是"作诗如作文，作诗如说话"（胡适语）那样简单，断然不能把一种精神倡导理解为实践指南，正如不能把"下半身写作"理解为"写下半身"，把"口语写作"理解为"口水写作"。尽管民歌民谣给了自由化写作最初的滋养和激发，成就了彭斯和华兹华斯等不朽的歌唱，但新诗随着现代思想的传播，不适合进化论的艺术需要坚守和弘扬的恰恰是最初的和最原始的人的精神和梦想，最本真、最本质的感动。新诗突破了古典诗歌"触景生情"和"睹物思人"的套路，注入了"以思触诗、以诗触思"的感悟和体验，形成了"缘情言志寓思"的现代模式，这些皆赖于中西文化交汇中英美的浪漫主义和法德的现代主义诸流派的深度浸润。但一个文体既有它自我革新和不断蜕变的免疫能力，也有自我阉割的自杀倾向。如今，经历多层磨砺和戕害的新诗呈现出精神伦理和艺术审美上的诸多问题，"生底颤动，灵底喊叫"（郭沫若语）极有被废话、脏话淹没的危险。我在《百年新诗的"三度"迷失》和《当下诗歌创作的"三化"警示》两文中做了解析和指认。据此而论，吕进教授提出新诗的"三个重建"和"二次革命"多年，在展望未来时的确应引起我们的深思。

时光如白驹过隙，对于天地历史而言，百年不过弹指间的一个刹那，但于人于事，一个世纪毕竟暗藏着天翻地覆。适逢新诗百岁，借此数语，聊寄祝福！

笼鸟歌

我久废的羽翼复感到展飏，
五彩的朝云在我身边后驰；
万里长空都是供我飞的，
崇高的情绪泛溢了我的心池。

爆 竹

跳上高云，
惊人的一鸣；
落下尸骨，
羽化了灵魂。

夏　夜

时起凉风，
野草香飘来鼻中；
白光电幕，
抽于灰色的天空。

雨　前

等得不耐烦了，
蕉叶微微摆动；
　几只蜻蜓，
低飞过庭院中。

夏　院

上面是天，
酪色的闲云滑行；
下面有蜂，
射过寻蜜的呼声。

秋

宁可死个枫叶的红，
　　灿烂的狂舞天空，
去追向南飞的鸿雁，
　　驾着万里的长风！

当 铺

美开了一家当铺，
　专收人的心；
到期人拿票去赎，
　它已经关门！

死

隐约高堂，
惨淡灵床，
灯光一暗一充，
想着辉煌的已往。
　　油没了，
　　灯一闪，熄了。
蜿蜒一线白烟，
从黑暗中腾上。

废　园

有风时白杨萧萧着，
无风时白杨萧萧着，
萧萧外更不听到什么；
野花悄悄的发了，
野花悄悄的谢了，
悄悄外因里更没什么。

迟 耕

蓑衣斗篷放在田坎上，
——柳花飞了！
"牛，乖乖的让我安上犁，
你好吃肥肥的稻秸。"

她埋在屋后吧：
他的阴魂也安稳些
宝宝们怎么？……
"牛，用力拖呵。"

颈子后面冰冷的，
——并不是汗？——
田那头走近好大一团乌云
披起蓑衣，戴上斗篷吧。

"牛呵，快犁！
那不是秧鸡的声音？"

春

　　画师的
一夜里春神轻拂雨丝的毛笔，
将大地染成了一片绿绢，
绢上画了一幅彩画；
海，伊的笔洗，也被伊搅起绿波了。
　　农人的
秧田边一阵田鸡叫，
小二倒骑着水牛
高唱首秧歌的回来了。
　　乐师的
蜜蜂喁喁将心事诉了，
久吻着含笑无言的桃花；
春风偷过茅篱
窸窣的，蜜蜂嗡的惊起了。
　　恋人的
你的眼珠是我的碧海，
你的双靥是我的蔷薇，
你的笑声是我的鸟鸣。
我的蔷薇呵，
生在我的心地上：
我的心地上是不老的青春！
　　弃妇的

春来了，
——但他却没来；
微雨阴阴，
这正是他踏落花西去之候。
小河，你活活的说些什么？
你是从他那里来的？
　　囚犯的
绿草没来这里，怕伤他的心。
屋里漆黑：他的日头已经落了。
　　老人的
好暖的阳光！
他慢腾腾的挪出了个小杌子。
皱脸上添些笑纹，
他看着河里两个泥水满脸的孩子：
他的春天回来了。
　　孤女的
林蕙的新衣真绿的可爱呵！
我也去掐片绿草罢。
　　诗人的
素娥深居于水晶宫内；
　　浓柳荫关不住夜莺赞颂的歌声，
紫地丁梨树俯首默祷的影子落在黄色新茵上，
长的短的。
看哪！那耀眼的不是月泪？
明日里这些泪珠，一粒里将长出一朵鲜花，
枝呵，茎呵，你们真有福分！
　　就是柳荫下朦胧小草，他们也看见一团团银波相招，要引
他们到彼岸，在那里白雾的垂帷后安息。

宁静的夏晚

黑树影静立在灰色晚天的前面，
哑哑争枝的鸟啼已经倦的低下去了。
炊烟炉香似的笔直升入空际，
远田边农夫的黑影扛着锄头回来了。

这时候诗人虔诚的走到郊外，
来接受静默赐给他的诗思；
伊们是些跳动的珠形小白环，
他慢慢的将伊们绣在晚天的黑色薄纱上了。

等了许久的春天

我仿佛坐在一只船上，
摇过了灰白单调的荒岸，
现在淌入一片鸟语花香的境地；
我的船仿佛并未前进，
只看见两行绿柳伸过来，
一霎时将我抱进了伊的怀里。

北地早春雨霁

太阳只是灰云上一个白盘罢了，
他的光明却浸透了清朗的空中，
反映在地上雨水凹的上面。
黑干赭条的柳树安闲的立着，
仿佛等候着什么似的。
远近四处听到无数争喧的鸟声，
河水也活活起来了。

寄一多基相①

我是一个惫殆的游人，
蹒跚于旷漠之原中，
我形影孤单，挣扎前进，
伴我的有秋暮的悲风。
你们的心是一间茅屋，
小窗中射出友谊的红光；
我的灵魂呵，火边歇下罢，
这下是你长眠的地方。

注：①一多，著名爱国诗人闻一多先生。基相，彭基相，新月社成员，著有《谈真》等文，翻译《希腊的生活观》等文。

回　忆

纸窗下恬静的油灯，
室腰明，顶作圆形
灯罩边仰首青年
神游于圆影的中心。

铮铮的吆呼远闻；
上房中假哭着阿鲲；
晚饭菜厨下炒着，
好一片有望的声音。

——那时间无虑无忧，
如今呵变了逃囚。
但仍亮你的，油灯，
你的圆仍可神游。

春 鸟

啼春之鸟，
我不知你是何名；
阴低云内
你啼声远近俱闻。
我想起家乡，
微雨中地地栽秧，
你啼天上，
秧歌音跟你悠扬。

南　归

答赠恩沱了一三友^①

我是一只孤独的雁雏，
朔方冰雪中我冻的垂死；
忽然一晨亮起友情的春阳，
将我已冷的赤心又复暖起，

我的双翼回温而有力，
仿佛雪中人入了炭盆的室中；
已毙的印象复活于眼前，
有如走马灯上的人物憧憧。

我还不乘此奋飞而南，
飞回我梦中不敢思念的家乡？
虽说早春还有吼空的刀风，
那痛快之死不比这郁结之生远强？

许久朋友们一片好意，
他们劝我复进玉琢的笼门，
他们说带我去见济的莺儿，
以纠正我尚未成调的歌声；

殊不知我只是东方一只小鸟，
我只想见荷花阴里的鸳鸯，
我只想闻泰岳松间的白鹤，
我只想听九华山上的凤凰。

北地的玄冰吸尽我的热力，
我更无力量去大气里遨游；
在江南我虽或仍无奋飞的羽毛，
江南本身就是一片如梦的温柔。

江南的山鲜艳如出浴的美人，
这里的永远披着灰土的旧衣；
江南的水仿佛高笑的群儿，
这里的只是一人羸童寂寞的独嬉。

江南夏日有楼阴下莫愁湖荷，
一足的白鹭立于柳岸的平沙，
蝉声度过湖水，声音柔了：
归去罢！江南正是我的故居家。

江南秋天有遮檐的桂树，
争蜜的蜂声仍噪于黄花这丛间；
江南冬季有浮于溪面的梅馨：
归去罢！江南正是我的故园。

和暖的春阳在江南留恋，
有如含情之倩女莲步舒徐；
伊在这里迫于狂途般匆匆归去，
随了伊归去罢！江南正是我的故居。

岁月流的真快，转瞬又到炎夏，
归去同游罢！艺术的燕燕，
归去同游罢！雏鹰与慈乌：
这地方不可久恋……

注：①三友——恩，杨思恩；沱，孙沱；了一，王了一。早期的
编者认为，"了一"可能是印刷错误导致的，实际只有"一"，指闻一多。

霁雪春阳颂

甲子开岁二日，得雪，雪晴赋此。

雪的尸布将过去掩藏，
现在天东升上了朝阳，
看那！黄金染遍了千家白屋顶上；
瑶林里百鸟欢唱，
听那！万里内迎神的鞭炮齐扬！

热　情

忽然卷起了热情的风飙，
鞭挞着心海的波浪，鲸鲲；
如电的眼光直射进玄古；
更有雷霆作嗓，叫入无垠。

我们问：为什么星宿万千，
能够亘古周行，不相妨碍？
吸力，是吸力把它们牵住——
吸力中最强的岂非恋爱？

这无爱的地球罪已深重，
除去毁灭之外没有良方。
我们把它一脚踢碎之后，
展开双翼在大气内翱翔。

我们的热情消融去冰冻，
苏醒转月宫的白兔，桂花，
我们绑起斫情根的吴刚，
一把扔去填天狼的齿牙。

我们发出流星的白羽箭，
射死丑的蟾蜍，恶的天狗。

我们挥彗星的筱帚扫除，
拿南箕撮去一切的污朽。

我们把九个太阳都挂起，
一个正中，八个照亮八方：
我们要世间不再寒冷，
我们要一切的黑暗重光。

我们拿北斗酌天河的水，
来庆贺我们自己的成功。
在河水酌饮完了的时候，
牛郎同织女便永远相逢。

欢乐在我们的内心爆裂，
把我们炸成了一片轻尘，
看那像灿烂的陨星洒下，
半空中弥漫有花雨缤纷！

情 歌

在发芽的春天，
我想绣一身衣送怜，
上面要挑红豆，
还要挑比翼的双鸳——
但是绣成功衣裳，
已经过去了春光。

在浓绿的夏天，
我想折一枝荷赠怜，
因为我们的情
同藕丝一样的缠绵——
谁知道莲子的心
尝到了这般苦辛？

在结实的秋天，
我想拿下月来给怜，
代替她的圆镜
映照她如月的容颜——
可惜月又有时亏，
不能常傍着绣帏。

如今到了冬天，

我一物还不曾献怜，
只余老了的心，
像列烬明暗在灰间，
被一阵冰冷的风
扑灭得无影无踪！

少年歌

我们是小羊，
跳跃过山坡同草场，
提起嗓子笑，
撒开腿来跑：
活泼是我们的主张。

我们是山泉，
白云中流下了高岸；
谁作泾的溷？
流成渭的清，
才不愧我们的真面。

我们恨暮气，
恨一切衰朽的东西。
我们要永远，
热烈同勇敢，
直到死封闭起眼皮。

我们是新人，
我们要翻一阕新声。
来呀，搀起手，
少年歌在口，
同行入灿烂的前程！

催妆曲

醒呀，从睡乡醒回，
晨鸡声呖呖在相催。
看呀，鸽子起来了。
她们在碧落里翻飞。

霞织的五彩衣裳
悬挂在弯弯月钩上；
日神也捧着金镜，
等候你起来梳早妆。

画眉在杏枝上歌：
画眉人不起是因何？
远峰尖滴着新黛，
正好蘸来描画双蛾。

杨柳的丝发飘扬，
她对着如镜的池塘；
百花是薰沐已毕，
她们身上喷出芬芳。

起呀！趁草际珠垂，
春莺儿衔了额黄归，

赶快拿妆梳理好。
起呀！鸡声都在相催！

小 河（一）

海是我的母亲，
我向伊的怀里流去。
一日，
伊将抱着我倦了的身子，
摇着，
哼着催睡的歌儿；
我的灵魂将化为轻云，
飘飘的腾入空际，
——而又变形的落到地上，
被伊的爱力吸落到地上了。
阴阴春雨中
远处的泉声活活了。

忆西戍

赤的夕阳映秋梧之尖,
梧下城阴隐着凄零的小屋,
争枝的鸦啼倦的低下去了,
窗里织机单调而困倦的响着。

雪

一

异于雨的凄急，
雪蓬勃而闲散地飘下。

二
万朵的绣球，
悬在高松之上。

三

一抹白云：
是天际的雪山。

残　灰

炭火发出微红的光芒，
一个老人独坐在盆旁，
这堆将要熄灭的灰烬，
在他的胸里引起悲伤——
　　火灰一刻暗，
　　火灰一刻亮，
　　火灰暗亮着红光。

童年之内，是在这盆旁，
靠在妈妈的怀抱中央，
栗子在盆上哗吧的响，
一个，一个，她剥给儿尝——
　　妈哪里去了？
　　热泪满眼眶，
　　盆中颤摇着红光。

到青年时，也是这盆旁，
一双人影并映上高墙，
火光的红晕与今一样，
照见他同心爱的女郎——
　　竟此分手了，
　　她在天那方？

如今也对着火光？

到中年时，也是这盆旁，
白天里面辛苦了一场，
眼巴巴的望到了晚上，
才能暖着火喝口黄汤——
　　妻子不在了，
　　儿女自家忙，
　　泪流瞧不见火光。

如今老了，还是这盆旁，
一个人伴影住在空房，
他趁着残灰没有全暗，
挑起炭火来想慰凄凉——
　　火终归熄了。
　　屋外一声梆，
　　这是起更的辰光。

弹三弦的瞎子

城市寂寥的初夜，
他的三弦响过街中。
是一种低抑的音调，
疲倦的申诉着微衷。

路灯黄色的光下，
有幻异的长影前横；
说不定他未觉到罢，
也说不定跟前一明。

寒气无声的拥来，
围起他单薄的衣裳，
他趁着心血尚微温，
弹出了颤鸣的声浪。

三弦抖动而鸣悒，
哀鸣出游子的心胸。
无人见的暗里飘来，
无人见的飘入暗中。

端　阳

满城飘着艾叶的浓香；
两把菖蒲悬挂在门旁，
它们的犀利有如宝剑，
为要镇防五毒的猖狂。

这天酒里面都放雄黄，
家家无老少都拿酒尝；
儿童的额上画着王字；
唱不完的酒洒满一房。

孩子们穿着老虎衣裳，
粽子呀粽子，尽是呼娘，
娘，你带我瞧划龙船去，
好容易今天到了端阳！

日　色

灿烂呀
金黄的夕阳：
云天上幻出扇形，
仿佛羲和的车轮
慢慢的
沉没下西方。

秀苗呀
嫩绿的晚空：
这时候雨阵刚过，
槐林内残滴徐堕，
有暮蝉
嘶噪着清风。

富丽呀
猩红的朝暾：
绛霞铺满了青天，
晓风吹过树枝间
露珠儿
摇颤着光明。

奇幻呀

善变的夕霞：
它好像肥皂水泡
什么颜色都变到，
又像秋，
染遍了枝桠。

苍凉呀
大漠的落日：
笔直的烟连着云，
人死了战马悲鸣，
北风起，
驱走着砂石。

阴森呀
被蚀的日头：
一圈白咬着太阳，
天同地漆黑无光，
只听到
鼓翼的鸥鸺。

眼　珠

蝶翼上何以有双瞳？
雀尾上何以生眼睛？
　　谁知道？
　　谁知道
　她的眼珠呀
何以像明月在潭心？

月 游

我骑着流星，
度过虹桥与天河，
向月宫走近，
想瞧不老的嫦娥。

水晶的宫殿，
关闭着两扇红门。
有一棵桂树，
绿叶中漏下清芬。

园里梅树下，
一只兔子在捣霜；
白莲香气内
群鹅飘过了池塘。

妙龄的宫女，
还记得杨家玉环，
霓裳羽衣曲，
悠扬在宫殿中间。

老仆叫吴刚，
白须直垂到胸口；

他管修树枝，
一柄斧常拿在手。

他问知来意，
将我引进了深宫；
在白玉座前
我见了她的面容。

她不愁寒冷，
身披白狐的裘衣。
夏天餐百合，
冬天拿松子充饥。

我呈上贽仪，
这些是海里所藏：
大珠从龙颔，
小珠从鲛人眼眶；

我呈上贽仪，
这些是山中所拿：
银花鹿的皮，
还有麝香与象牙；

我呈上贽仪，
这些是地上所搜：
珍珠梅，碧桃，
木笔，梨花，与绣球。

我向她问道：

要是你不嫌啰唆，
　我情愿晓得
你避太阳是为何？

　太阳是金乌，
九只里惟它独存，
　它背着后羿，
在我的后面紧跟。

　我又向她问
月亮圆缺的理由。
　圆的是妆镜，
弯的是白玉帘钩。

　她赠我月季，
花比美人还娇艳；
　她赠我月饼，
霜作皮冰糖作馅。

　象牙雕的车，
车前是一对绵羊，
　是她送我的，
让我坐着回故乡。

　我行过雪山，
行过冰川与云壑。
　像一条白龙
瀑布从峰头坠落。

我的车翻了！
滑进了瀑流中间！
我忽然惊醒，
月光恰落在床前。

光明的一生

我与光明一同到人间，
光明去了时我也闭眼：
光明常照在我的身边。

太阳升上时我已起床，
我跟它落进睡眠的浪：
太阳照我在生动中央。

圆月在夜里窥于窗隙，
缺月映着坟上草迷离：
月光照我一生的休息。

扣　心

唯有夜半，
人间世皆已入睡的时光，
我才能与心相对，
把人人我我细数端详。

白昼为虚伪所主管，
那时，心睡了，
在世间我只是一个聋盲；
那时，我走的道路
都任随着环境主张。

人声扰攘，不如这
一两声狗叫汪汪——
至少它不会可亲反杀，
想诅咒时却满口褒扬！

最可悲的是
众生已把虚伪遗忘；
他们忘了台下有人牵线，
自家是傀儡登场；
笑、啼都是环境在撮弄，
并非发自他的胸膛。

这一番体悟
我自家不要也遗忘……
听，那邻人在呓语；
他又何尝不曾梦到？
只是醒来时
便抛去一旁！

夜　歌

唱一支古旧，古旧的歌……
　　朦胧的，在月下，
回忆，苍白着，远望天边
　　不知何处的家……

说一句悄然，悄然的话……
　　有如漂泊的风。
不知怎么来的，在耳语，
　　对了草原的梦……

落一滴迟缓，迟缓的泪……
　　与露珠一样冷，
在衣衿上，心坎上，不知
　　何时落的，无声……

还 乡

一

暮秋的田野上照着斜阳，
长的人影移过道路中央；
干枯了的叶子风中叹息，
飘落在还乡人旧的军装。

哇的一只乌鸦飞过人头；
鸦雏正在那边树上啁啾，
他们说是巢温，食粮也有，
为何父亲还在外边飘流？

火星与白烟向灶突上腾，
屋中响着一片切菜声音，
饭的浓香喷出大门之外，
看着家的妇女正等归人。

他的前头走来一个牧童，
牵着水牛行过道路当中，
牧童瞧见他时，一半害怕
一半好奇似的睁大双瞳。

他想起当初的年少儿郎，
弯弓跑马，真是意气扬扬；
他们投军，一同去到关外，
都化成白骨死在边疆。

一个庄家在他身侧过去，
面庞之上呈着一团乐趣；
瞧见他的时候却皱起眉，
拿敌视的眼光向他紧觑。

这也难怪，二十年前的他
瞧见兵的时候不也咬呀？
好在明天里面他就脱下，
脱下了军服来重作庄家。

青色的远峰间沉下太阳，
只有树梢挂着一线红光；
暮烟泛滥平了谷中，田上，
虫的声音叫得游子心伤。

看哪，一棵白杨到了眼前，
一圈土墙围在树的下边；
虽说大门还是朝着他闭，
欢欣已经涨满他的心田。

他想母亲正在对着孤灯，
眼望灯花心念远行的人；
父亲正在瞧着茶叶的梗，
说是今天会有贵客登门。

他记起过门才半月的妻，
记起别离时候她的悲啼；
说不定她如今正在奇怪
为何今天尽是跳着眼皮。

想到这里时候一片心慌，
悲喜同时泛进他的胸膛，
他已经瞧不见眼前的路，
二十年的泪呀落下眼眶！

二

大门外的天光真正朦胧，
大门里的人也真正从容，
剥啄，剥啄，任你敲的多响，
你的声音只算敲进虚空。

一条狗在门内跟着高叫，
门越敲得响时狗也越闹；
等到人在外面不再敲门，
里面的狗也就停止喧噪。

谁呀？里面一丝弱的声浪
响出堂屋，如今正在阶上。
谁呀？外边是否投宿的人？
还是哪位高邻屈驾光降？

娘呀，是我，并非投宿的人；

我们这样贫穷哪有高邻？
（娘年老了，让我高声点说：）
我呀，我呀，我是娘的亲生！

儿吗？你出门了二十多年，
哪里还有活人存在世间？
哦，知道了，但娘穷苦的很，
哪有力量给你多烧纸钱？

儿呀，自你当兵死在他乡，
你的父亲妻子跟着身亡；
儿呀，你们三个抛得我苦，
留我一人在这世上悲伤！

娘呀，我并不是已亡的人！
你该听到刚才狗的呼声，
我越敲门它也叫得越响，
慢悠悠的才是叫着鬼魂。

儿呀，不料你是活着归来，
可怜媳妇当时吞错火柴！
儿呀，虽然等到你回乡里，
我的眼睛已经不得睁开！

让我拿起手来摸你一摸——
为何你的脸上瘦了许多？
儿呀，你听夜风吹过枯草，
还不走进门来歇下奔波？

柴门外的天气已经昏沉，
天空里面不见月亮与星，
只是在朦胧的光亮之内
瞧见草儿掩着两个荒坟。

梦

这人生内岂惟梦是虚空？
人生比起梦来有何不同？
你瞧富贵繁华入了荒冢；
　　梦罢，
作到了好梦呀味也深浓！

酸辛充满了这人世之中，
美人的脸不常春花样红，
就是春花也怕飞霜结冻；
　　梦罢，
梦境里的花呀没有严冬！

水样清的月光漏下苍松，
山寺内舒徐的敲着夜钟，
梦一般的泉声在远方动；
　　梦罢，
月光里的梦呀趣味无穷！

酒样酽的花香熏得人慵，
蜜蜂在花枝上尽着嘤嗡，
一阵阵的暖风向窗内送；
　　梦罢，

日光里的梦呀其乐融融！

茔圹之内一点声息不通，
青色的圹灯光照亮朦胧，
黄土的人马在四边环拱；
　　梦罢，
坟墓里的梦呀无尽无终！

春　歌

不声不响的认输了，冬神
收敛了阴霾，休歇了凶狠……
　　嘈嘈的，鸟儿在喧闹——
　　一个阳春哪，要一个阳春！

水面上已经笑起了一涡纹；
已经有蜜蜂屡次来追问……
　　昂昂的，花枝在瞻望—
　　一片瑞春哪，等一片瑞春！

好像是飞蛾在焰上成群，
剽疾的情感回旋得要晕……
　　纠纠的，人心在颤抖——
　　一次青春哪，过一次青春！

答　梦

我为什么还不能放下？
因为我现在漂流海中，
你的情好像一粒明星
垂顾我于澄静的天空，
吸起我下沉的失望，
令我能勇敢的前向。

我为什么还不能放下？
是你自家留下了爱情，
他趁我不自知的梦里
顽童一样搬演起戏文——
我真愿长久在梦中，
好同你长久的相逢！

我为什么还不能放下？
我们没有撒手的辰光，
好像波圈越摇曳越大，
虽然堤岸能加以阻防，
湖边柳仍然起微颤，
并且拂柔条吻水面。

情随着时光增加热度，

正如山的美随远增加；
棕榈的绿阴更为可爱
当流浪人度过了黄沙；
爱情呀，你替我回话，
我怎么能把她放下？

摇篮歌

春天的花香真正醉人，
一阵阵温风拂上人身，
你瞧日光它移的多慢，
你听蜜蜂在窗子外哼：
　　睡呀，宝宝，
　　蜜蜂飞的真轻。

天上瞧不见一颗星星，
地上瞧不见一盏红灯；
什么声音也都听不到，
只有蚯蚓在天井里吟：
　　睡呀，宝宝，
　　蚯蚓都停了声。

一片片白云天空上行，
像是些小船飘过湖心，
一刻儿起，一刻儿又沉，
摇着船舱里安卧的人：
　　睡呀，宝宝，
　　你去跟那些云。

不怕它北风树枝上鸣，

放下窗子来关起房门；
不怕它结冰十分寒冷，
炭火生在那白铜的盆：
　　睡呀，宝宝，
　　挨着炭火的温。

小河（二）

白云是我的家乡，
松盖是我的房檐。
父母，在地下，我与兄姊
并流入辽远的平原。

我流过宽白的沙滩，
过竹桥有肩锄的农人；
我流过俯岩的面下，
他听我弹幽涧的石琴。

有时我流的很慢，
那时我明镜不殊，
轻舟是桃色的游云，
舟子是披蓑的小鱼；

有时我流的很快，
那时我高兴的低歌，
人听到我走珠的吟声，
人看见我起伏的胸波。

烈日下我不怕燥热：
我头上是柳荫的青帷；

旷野里我不愁寂寞：
我耳边是黄莺的歌吹。

我掀开雾织的白被，
我披起红毂的衣裳，
有时过一息轻风，
纱衣玳帘般闪光。

我有时梦里上天，
伴着月姊的寂寥；
伊有水晶船素心
吸我腾沸的爱潮。

草妹低下头微语：
"风姊送珠衣来了。"
两岸上林语花吟
赞我衣服的美好。

为什么苇姊矮了？
伊低身告诉我春归。
有什么我可以报答？
赠伊件嫩绿的新衣。

长柳丝轻扇荷风，
绿纱下我卧看云天：
蓝澄澄海里无波，
徐飘过突兀的冰山。

西风里燕哥匆别，

来生约止不住柳姊的凋丧。
剩疏疏几根灰发，
——云鬟？我替伊送去了南方。

我流过四季，累了，
我的好友们又都已凋残，
慈爱的地母怜我，
伊怀里我拥白絮安眠。

黑夜纳凉

可惜我不是少女，
辜负了清风花香织成的面纱。

采莲曲

小船呀轻飘，
杨柳呀风里颠摇；
荷叶呀翠盖，
荷花呀人样娇娆。
日落，
微波，
金丝闪动过小河。
左行，
右撑，
莲舟上扬起歌声。

菡萏呀半开，
蜂蝶呀不许轻来，
绿水呀相伴，
清净呀不染尘埃。
溪涧，
采莲，
水珠滑走过荷钱。
拍紧，
拍轻，
桨声应答着歌声。

藕心呀丝长，
羞涩呀水底深藏；
不见呀蚕茧
丝多呀蛹裹中央？
溪头，
采藕，
女郎要采又夷犹。
波沉，
波生，
波上抑扬着歌声。

莲蓬呀子多：
两岸呀榴树婆娑，
喜鹊呀喧噪，
榴花呀落上新罗。
溪中，
采蓬，
耳鬓边晕着微红。
风定，
风生，
风飏荡漾着歌声。

升了呀月钩，
明了呀织女牵牛；
薄雾呀拂水，
凉风呀飘去莲舟。
花芳，
衣香，
消融入一片苍茫；

时静
　时闻，
虚空里袅着歌音。

葬　我

葬我在荷花池内，
耳边有水蚓拖声，
在绿荷叶的灯上
萤火虫时暗时明——

葬我在马缨花下，
永作着芬芳的梦——
葬我在泰山之巅，
风声呜咽过孤松——

不然，就烧我成灰，
投入泛滥的春江，
与落花一同漂去
无人知道的地方。

昭君出塞

琵琶呀，伴我的琵琶：
趁着如今人马不喧哗，
　　只听得啼声答答，
我想凭着切肤的指甲
　　弹出心里的嗟呀。

琵琶呀，伴我的琵琶：
这儿没有青草发新芽，
　　也没有花枝低桠；
在敕勒川前，燕支山下，
　　只有冰树结琼花。

琵琶呀，伴我的琵琶：
我不敢瞧落日照平沙，
　　雁飞过暮云之下，
不能为我传达一句话
　　到烟霭外的人家。

琵琶呀，伴我的琵琶：
记得当初被选入京华，
　　常对着南天悲咤：
那知道如今去朝远嫁，

望昭阳又是天涯。

琵琶呀，伴我的琵琶：
你瞧太阳落下了平沙，
　夜风在荒野上发，
与一片马嘶声相应答，
　远方响动了胡笳。

雨　景

我心爱的雨景也多着呀：
春夜春梦时窗前的淅沥；
急雨点打上蕉叶的声音；
雾一般拂着人脸的雨丝；
从电光中泼下来的雷雨——
但将雨时的天我最爱了。
它虽然是灰色的却透明；
它蕴着一种无声的期待。
并且从云气中，不知哪里，
飘来了一声清脆的鸟啼。

雌夜啼

月呀，你莫明，
莫明于半虚的巢上；
　我情愿黑夜
来把我的孤独遮藏。

风呀，你莫吹，
莫吹起如叹的叶声：
　我怕因了冷
回忆到昔日的温存。

露水滴进巢，
我的身上一阵寒栗
　猎人呀，再来：
我的生趣已经终毕！

有 忆

　　淡黄色的斜晖
转眼中不留余迹。
一切的扰攘皆停,
一切的喧嚣皆息。

　　入了梦的乌鸦
风来时偶发喉音;
和平的无声晚汐,
已经淹没了全城。

　　路灯亮着微红,
苍鹰飞下了城堞,
在暮烟的白被中
紫色的钟山安歇。

　　寂寥的街巷内,
王侯大第的墙阴,
当的一声竹筒响,
是卖元宵的老人。

我的心（一）

我的心是一只酒杯，
快乐之美酒稀见于杯中；
那么斟罢，悲哀的苦茗，
有你时终胜于虚空！

快　乐

晚空的云，
自黄金转为深紫；
似欲再转，
不提防黑暗吞起。

鸟辞林

鸟辞林，
虚悄的林；
乐离心，
寂寥啊我的心。

覆舟人

像漂上了岸的覆舟人，
脚下的平坡
犹疑作动荡之波；
不安呵，乍得新伴的灵魂。

鹅

右军写经将你唤了来，
是爱你只吃草蔬；
是爱你身披绢素，
头脚上还点抹着红朱；
他更爱你灵活而遒劲之颈，
与他的笔无殊。

王 娇

一

　　上灯节已经来临，
满街上颤着灯的光明：
　　红的灯挂在门口，
五彩的龙灯抬过街心。

　　星斗布满了天空，
闪着光，也像许多灯笼。
　　灯烛光中的杨柳
白得与银丝的好的缦相同。

　　满城中锣鼓喧阗，
还有鞭爆声夹在中间，
　　游人的笑语嘈杂：
惊起了栖禽，飞舞高天。

　　黑暗里飘来花芳，
消溶进一片暖的衣香；
　　四下里钗环闪亮；
娇媚呈于喜悦的面庞。

听呀，听一声欢呼——
空中忽喷上许多白珠！
这是哪儿放焰火，
还是陨星飘洒进虚无？

是在周侯府前头
扎起了一座五彩牌楼，
灯笼各样的都有，
烛光要燃到天亮方休：

便是在这儿放花，
便是在这儿起的喧哗——
但是欢笑声忽静，
原来新的花又已高拿。

他们再也不想睡，
他们被节令之酒灌醉，
笑谑悬挂在唇边，
他们的胸中欢乐腾沸。

但是烛渐渐烧残，
人的喉咙也渐渐叫干；
在灯稀了的深巷
已有回家的取道其间。

这是谁家的女郎？
她的脚步为何这样忙？
原来不是独行的，
还有两个女伴在身旁。

　　她们何以这般快？
哦，原来在五十步开外
　　有两个男子紧跟：
险哪！这巷中别无人在！

　　咦，她们未免多心：
你瞧那两个紧跟的人
　　已经走上前面去——
不好了！他们忽然停身！

　　他们拦住了去道，
凶横的脸上呈出狡笑；
　　他们想女子可欺，
走上前去居然要搂抱。

　　女郎锐声的呼号，
但是沉默紧围在周遭，
　　一点回响也没有——
只听得远方偶起喧嚣。

　　她们定归要堕网：
你看奸人又来了同党。
　　两个她们已不支，
添上三个时何堪设想？

　　三人内一个领头，
烛光下显得年少风流；
　　他哪是什么狂暴，

他是个女郎心的小偷!

　　仆从听他的指挥,
不去那两人的后面追,
　　只是恭敬的站着,
等候把三个女郎送回。

　　"姐姐们请别害怕——"
他还没有说完这句话,
　　就张了口停住:呀!
他遇到了今世的冤家!

　　正站在他的面前——
这是凡人呀还是神仙?——
　　是一个妙龄女子;
她的脸像圆月挂中天。

　　额角上垂着汗珠,
它的晶莹珍珠也不如;
　　面庞中泛着红晕,
好像鲛绡笼罩住珊瑚。

　　一双眼有夜的深,
转动时又有星的光明;
　　它们表现出欣喜,
表现出一团感谢的心。

　　"请问住在哪条街?
如何走进了这条巷来?

　侥幸我刚才走过——
不送上府我决不离开。"

　"这个是我的姨妹——"
她手指的女郎正拭泪;
　"奇怪,不见了春香!"
春香原来躲在墙阴内。

　好容易唤出巢窠,
出来时候仍自打哆嗦;
　哭的女郎笑起来,
她的主人也面露微涡。

　等到过去了惊慌,
又多嘴:"我家老爷姓王。
　这是曹家姨小姐。
这是一家都爱的姑娘。

　两位姑娘要看灯,
大家都抢着想跟出门;
　早知道现在如此.
当时我也不会去相争。

　贵姓还不曾请教?"
"我家周侯府谁不知道?
　今夜不是有放花?
那就是少爷使的钱钞。"

　杏花落上了身躯,

夜半的寒风正过墙隅。
　"王家姐姐怕凉了。
我们尽站着岂非大愚？"

　他跟在女郎身旁.
时时听到窸窣的衣裳；
　女郎鬓边的茉莉，
时时随了风送过清香。

　他故意脚步俄延，
唯愿这人家远在天边，
　一百年也走不到——
不幸她的家已在眼前。

　一声多谢进了门，
他们正要分开的时辰，
　她转身又谢一眼——
哎！这一眼可摄了人魂！

　一团热射进心胸，
脸上升起了两朵绯红——
　等到他定睛细着，
女郎已经是无影无踪。

　他慢腾腾地走开，
走不到三步，头又回来；
　仆人彼此点头笑，
只在他两边跟着徘徊。

"女郎呀，你是花枝，
我是一条飘荡的游丝，
　只要能黏附一刻，
就是吹断了我也不辞。

　要说是你真有心，
为何你对我并不殷勤？
　要说是你真无意.
为何眼睛里藏着深情？

　可恨呀无路能通，
知道哪一天可以重逢？
　牵牛星呀，我妒你，
我妒你偷窥她的房栊！"

　"少爷，四边没有人，
你的这些话说给谁听？
　天都亮了，回去吧，
你听东方业已有鸡鸣。"

二

时光真快，已到梅雨期中：
阴沉的毛雨飘拂着梧桐，
一夜里青苔爬上了阶砌，
卧房前整日的垂下帘栊。

稀疏的檐滴仿佛是秋声，
忧愁随着春寒来袭老人；

何况妻子在十年前亡去，
今日里正逢着她的忌辰。

十年前正是这样的一天，
在傍晚，蚯蚓嘶鸣庭院间，
偶尔有凉风来撼动窗棚，
他们永别于暗淡的灯前。

他还历历记得那时的妻：
一阵红潮上来，忽睁眼皮，
接着喉咙里发响声，沉寂——
颤摇的影子在墙上面移。

三十年的夫妻终得分开，
在冷雨凄风里就此葬埋；
爱随她埋起了，苦却没有，
苦随了春寒依旧每年来。

还好她留下了一个女娃，
晶莹如月，娇艳又像春花；
并且相貌同母亲是一样，
看见女儿时就如对着她。

虽然貌美，并不鄙弃家常，
光明随了她到任何地方：
好像流萤从野塘上飞过，
白［图片］绿藻都跟着有辉光。

他因为是武官，并且年高，

一切的文书都教她捉刀：
这又像流萤低能趁磷火，
高也能同星并挂在青霄。

她好比柱子支撑起倾斜，
有了这女儿他才少苦些，
不然他早已随了妻子去，
正这样想时，门口一声："爹，

信写成了。爹怎么又泪悬？
老人的情绪经不起摧残。
爹难道忘了娘临终的话？
爹苦时娘在地下也不安！"

"咳，娇儿，泪不能止住它流；
你来了，我倒宽去一半愁。
信写成了？拿过来给我看。
是军事，立刻要差人去投。

唉，为这个我忙到六十余，
但至今还是名与利皆虚；
只瞧着一班轻薄的年少，
驾起了车马，修起了门闾。

如今是老了，好胜心已无，
从前年少时候胆气却粗，
那时我常常拍着案高叫：
'我比起他们来那样不如？'

她那时总劝我别得罪人，
总拿话来宽慰，教我小心——
咳，人已去了世，后悔何及？
当时我竟常拿她把气平！

等我气平了向她把罪赔，
她只说：'以往的事不能追，
雷呀，脾气大了要吃亏的，
我望你今天是最后一回。'"

女儿说："这种时候并不多，
爹何必为它将自己折磨？
听说当时娶娘来很有趣，
爹向我谈谈到底是如何？"

光明忽闪出深陷的眼眶，
老人的目前涌现一女郎，
他那时正年少，箭在弦上
从空中射落了白鸽一双；

养鸽的人家对他表惊奇，
没有要赔，并且毫不迟疑
把喂这一双鸽子的幼女，
嫁给了射鸽子的人作妻。

他想起了闺房里的温柔，
想起了卅年的同乐同忧，
想起了妻子添女的那夜，
他多么喜，又多么为妻愁。

这些他都说给了女儿听；
他还说当初给女儿定名，
争了大半天才把它定妥，
因为他的意思要叫昭君。

他又说："娘生你的那一天，
梦见一只鸾在天半蹁跹，
西落的太阳照在毛羽上，
青中现红色，与云彩争鲜；

颈上有一个同心结下垂，
是红丝打的，她一面高飞，
一面在空中啭她的巧舌，
那声音就像仙女把箫吹。

忽然漫天的刮起一阵风，
把鸟吹落在你娘的当胸，
她大吃一惊，从梦里醒转；
便是如此，你进了人世中。

你小时无人见了不喜欢，
抓周时你拿起书同尺玩.
我最爱你那时手背的凹.
同嘴唇中间娇媚的弓弯。

到五岁上娘就教你读书，
真聪明，背得一点不模糊。
我还记得在灯檠的光下，

你们母女同把诗句咿唔。

你娘同我们撒手的那时，
你才九岁，还是一片娇痴。
唉，那刻妻子去了孩儿小，
我心中的难受哪有人知！

从此只留下父女两个人，
同受惊慌，彼此安慰心魂，
幸喜三载前你年交十六，
已能帮曹姨把家务分承。

知名的闺秀古代也寥寥，
武的只有木兰，文的班昭；
但是谁像你这般通文墨，
家中的事务也可以操劳？

担子这般重总愁你难驮，
我已请了一个书吏，姓何，
从明天起你就可以停下，
免得光阴都在这里消磨。

你如今已到待字的年华，
男大须婚，女大须定人家。
门户不谈，人品总要端正，
但一班的少年只见浮夸。

武职是大家轻视的官差，
几时看见媒人上我门来？

不管你才情，也不管容貌，
钱，你有了钱别人就眼开。

你身上我决不放松一些，
我不情愿你将来埋怨爹，
我要寻配得上你的佳婿，
文才不让你，人也要不邪，

我无时不将此事记在心，
我常常记着你娘的叮咛，
她说：'我们只生了一个女，
这个女儿别配错了婚姻。'

你是明白的，总该会思量，
这桩事我正想与你相商：
不知道我家的亲戚里面，
可有中你心意的少年郎？"

她听到这些话十分害羞，
只是低下颈子来略摇头，
答道："爹，不要再谈这些话，
除了侍候爹我更无所求。"

"也真的：拿你嫁这种人家，
就好比拿凤凰去配乌鸦。
我何尝不情愿你在身侧——
总得找人来培养这枝花。"

"女儿也看过些野史诗篇，

无处不逢到薄命的红颜，
何况爹老了，又孤单的很，
我只要常跟在爹的身边。"

一颗颗的泪点滴下白须，
他哽咽着说："娇儿，你太迂。
你年纪大了，我怎能留住？
只望你们别将我弃屋隅。"

房里寂然，只闻父女同悲；
疏疏的春雨轻洒着门靡，
不知是湖边，还是云雾里，
杜鹃凄恻的叫过，不如归！

三

南风来了，梅雨驱散，
　天的颜色显得澄鲜，
绿荫密得如同帷幔，
　蝉声闹在绿荫里边，
太阳把金光乱洒下人间。

麦田里边翻着金浪，
　四周绕着青的远峰，
鸟在林内齐声歌唱，
　豆花的香随了暖风，
吹遍了一片田野的当中。

乡下的原野越热闹。

坡中的庭院越清幽：
一树浓荫将它笼罩，
竹帘上绿影往来游，
只偶尔有蜂向窗槅上投。

从房顶的明瓦里面
偷下来了一条日光，
这条日光移得真慢，
光中群动无声的忙；
幽暗里钻出来一缕炉香。

书案边静坐着女郎，
一阵困倦侵入胸内，
幻影在她前面飞扬，
水在壶中单调的沸，
暖风轻轻拂来，催她入睡。

忽听得男子的脚步，
她忙把已落的头抬；
她想起父亲的嘱咐，
忙把已闭的眼睁开，
替他的书吏是在今天来。

她瞧见书吏的模样，
不觉心中暗吃一惊，
这正是灯节的晚上
把她救了的少年人！
她迟疑的问道："尊姓大名？"

"我的名字是何文迈。"
　"这口音与那晚正同！"
她见仆人走出房外，
　不觉腮中晕起微红，
但在外面还假装出从容。

她等书吏坐下，问道：
　"周家公子是个贵人，
为何把富与贵扔掉，
　不肯在侯府作郎君，
卑躬屈节的来光降蓬门？"

"既知道了何必遮掩？
　这都是为你呀，女郎。
我自从那夜里相见，
　回了家后饮食俱忘。
我连作梦都想着来身旁。

形骸看着消瘦下去，
　精神一天弱似一天。
不见时活着觉无趣；
　如今见了才像从前。
女郎呀，你总该可以垂怜？"

"公子这样家中跑出，
　难道是忘记了爹妈？
说不定他们正在哭，
　急得把天呼，把发抓，
怕公子去世了，永不回家。

又难道忘记了身份？
　书吏的事情作得来？
竟为女子荒废学问，
　把无量的前程扔开？
回去罢，请别在这里延埈。

我不是公子的朋友——
　可恨我生来是女身。
可怕呀，悠悠的众口。
　何况我要侍奉父亲。
回去罢，请别在这里留停。"

"教我离开未尝不可，
　我不愿使你担恐慌：
但我不见得能多活，
　到那时万一我死亡。
即非有心呀你岂不悲伤？

死去了也未尝不好，
　只要你珠泪为我流；
然而活着岂不更妙？
　女郎呀，别转过双眸。
除了相见外我别无所求。"

他见女郎一声不应，
　知道她已经不留难，
这不作声便是默认，
　他真说不出的喜欢。

他问道："我来府上的时间

以为先与令尊相见——"
　"从前我替爹管文书；
侥幸今天卸了重担，
　从此我不须费功夫，
再来这面书房里把鸦涂。"

　"原来姐的文墨也妙，
　那我真要拜作先生：
我自然不敢当逸少，
　但姐真不愧卫夫人。
请容我永远拜倒在师门。"

浅的笑涡呈在双颊，
　她说不出来的娇羞。
他们都觉得没有话，
　都向窗外转过了头，
他们望蛛丝在日光里游。

他们瞧见一双蝴蝶，
　忽高忽下，追着游嬉。
飞得高，便上了蕉叶；
　飞得低，便与地相齐。
只可惜不闻它们的笑啼。

她转身望周生一眼，
　不料周生正在瞧她；
绯红晕上了她的脸，

心中懊悔事情作差，
匆匆的出了房，推说绣花。

他望着女郎的后影，
　女郎的罗袜与金钗。
他的心中又喜又闷——
　闷的是何时她再来，
喜的是情已进了她胸怀。

四

巧夕已经到了夜半.
　王娇还在倚着楼窗。
她抬头，见双星灿烂；
　低头，见叶里的灯光。

杨柳枝低下头微唱，
　幽静里飘过一丝风；
偶听到鱼儿跃池内，
　沉寂将她催进梦中。

她梦见天孙是自己，
　面对着汹涌的银河，
河的两头连到云里，
　时有流星落进洪波。

一座桥横跨在河上，
　白石地，檀木的阑干。
喜鹊在桥楼上欢唱，

一盏红灯悬挂楼前。

心在胸口蓬蓬的跳，
　　她要知道牛郎是谁。
她依稀听得有牛叫，
　　她打开南向的窗扉。

远方不是一团黑影？
　　近了，近了，还是模糊。
等到形貌依稀可认，
　　她不禁失了声惊呼，

"这不是——" "是我呀，小姐。
　　我便是小姐的春香，"
她睁眼见丫鬟，并且——
　　周生也当真在前方！

"春香，这是醒呀是梦？"
　　春香不答，只是嘻嘻。
她再看周生，也不动，
　　只是不安的把头低。

闪电般她恍然大悟，
　　心在胸中又跳起来；
惊慌，懊恼，羞惭，愤怒，
　　同时呈上她的双腮。

她把丫头严加申斥，
　　说她不该引进生人；

她又责周生不老实，
　　责他是轻薄的书生。

她说："我当初是怜惜，
　　不料如今你竟忘怀。
我的为难你不思及，
　　你竟任性进我房来。"

丫鬟捱了骂，撅起嘴，
　　"这都是你闯祸，少爷。
如今好了：唉，我的腿
　　到明天一定要打瘸。"

周公子也埋怨丫头：
　　"谁教你说姑娘有意？
不然，我怎会来绣楼？
　　你真能忍心将人戏。"

"我的言语哪句不真？
　　谁向你这种人撒谎？
去罢，去罢。如今怨人，
　　是假的当初怎不讲？

瞧，瞧，你又不肯下楼。
　　瞧那尊容上的怪相。"
"不，不，我要问清原由
　　免得姑娘说我轻荡。

不用忙。你先将气平，

话是真的不妨再说。
　我问你：姑娘可有心？
　　我可是冒昧来闺阁？”

一则埋怨小姐乔装，
　二则恐慌已经过去，
这丫鬟又开始唠叨，
　她把从前的事详叙：

“小姐，你已经忘记掉：
　那早晨我替你梳妆，
你一边拿着铜镜照，
　一边瞧镜里的面庞。

你问我，眼睛没有转，
　‘春香，你瞧我该配谁？’
我说‘师爷，可惜穷点。’
　你红着脸一语不回。

一晚我从床上滚下，
　正摸着碰疼了的头，
忽然听到你说梦话，
　别的不闻，只听说，‘周……’”

如今是轮到她羞涩，
　轮到她红脸，把头低；
但是丫鬟不顾，续说：
　“我从那时起就心疑。

直到今天听见他讲，
  才知小侯爷作书班，
才知何文迈是撒谎；
  到了今天我才恍然，

到了今天我才知悉，
  为什么有时你睡迟，
一个人对着灯叹息，
  手里拿着笔写新诗。"

女郎听着，又羞又恼，
  呵丫头，"还不去后房！"
但是同时又改口道，
  "等在这里，我的春香。"

  "我还是先去后房睡：
  省得明早又像从前，
你起床了，朝着我啐，
  '瞌睡虫，别尽着贪眠！'"

房中只剩他们两个。
  她垂下头，身倚窗棂；
他的胸膛几乎胀破，
  惊慌充满了她的心。

他定了神四下观望，
  瞧见蜡烛只剩残辉，
瞧见睡鞋放在椅上，
  瞧见垂下了的床帷。

偶有灯蛾想进窗内，
　　静中只闻心跳莲蓬。
鸭兽与脂粉的香味
　　时时随风钻进鼻中。

他推窗，见双星在空；
　　闭窗，对娇羞的美人。
她依然站着，没有动，
　　但是觉到他的微温。

五

王娇的妆楼还在开着窗，
　　中秋夜里将阑的月色，
　　照见一双人倚在楼侧，
楼板上映着窗影的斜方。

空中疾行过浑圆的月球；
　　银雾里立着亭台花木，
　　桂树的影在根旁静伏，
桂花香到深夜分外清幽。

女郎怕冷，斜靠着他的肩，
　　温热与情在她的胸内，
　　眼睛半开半闭的将睡，
如梦的情话响在他耳边。

"你已经累了，"他说时侧身，

把她如绵的身躯抱起，
　转身时候忽见房门启，
门缝后探进来一个女人。

他惊得放下了女郎，"是谁？"
　她也立刻从梦中醒转，
　"曹姨来了！时间这么晚⋯⋯"
没有说完，她的头已低垂。

公子也红着脸，不敢抬头。
　有一桩事令他最难过，
　就是，女郎并不曾作错，
但如今为他的缘故蒙羞。

反是曹姨先向他们开言：
　"当时我瞧着心里奇怪，
　果然不出我的意料外。
但请放心，我所以来这边，

不过是有点替娇儿担惊，
　因为这样终归不是了。
　万一事情被父亲知晓，
年老的人岂不加倍伤心？

你们两个真是女貌郎才，
　难怪娇儿向来不心动。
　遇到周公子也入了瓮，
公子也扔了家来作书差。

不用瞧：你们的这段姻缘
　　我是从春香处打听到。"
　　说到这里，她就开玩笑：
"我的痴儿，你怎能将我瞒？"

春天我常看见你倚楼窗，
　　手弄绿珠串般的杨柳；
　　举目呆望着白云流走，
一刻又支腮，俯首看鸳鸯。

夏天我见你比前更丰腴，
　　你的面庞荷花样饱满，
　　你的颜色荷花样娇艳，
但对着南风常听你轻吁。

秋天高了，你也跟着长高，
　　你的双乳隆起在胸上，
　　你像入秋更明的月亮，
但已无春天雾里的娇娆。

你怎能瞒过我，痴的女娃？
　　我今晚来想把你们劝。
　　我并不是要你们分散，
但是我劝周公子快回家。

回家后却不要将她丢开——
　　瞧你这人倒不像心狠。
　　你须把详情向父母禀，
立即请媒人上我家门来。

你失踪了，一定急坏爷娘。
　自家的孩儿既然顾惜，
　（娇儿又是受你的威逼，）
想必不会害人家的女郎。

娇儿，你淑妹正少些嫁衣，
　你的针黹好，我要奉托
　你替她缝些；等你出阁，
她自然也能帮着你作齐。

我去了。你们望一夜月圆。
　到明天却不要愁它缺：
　只要你们的相思不灭，
教圆月重辉并不算为难。

如今还是他们俩在房中。
　稀疏的柳影移上楼板，
　柝声在秋夜分外凄惨，
从园里偶尔吹进来冷风。

她眼眶中含着泪珠晶莹，
　她靠在周生肩上微抖，
　"两人的恩爱从此撒手？
难道我七夕作的梦当真？

唉，牛郎同织女虽然隔河，
　还能每年中相逢一面；
　我们怕从此不能再见.

　　孤零的，我要从此作嫦娥。

　　我如今只觉得一片心慌。
　　　　唉，我的一生从此断送！
　　　　爹爹知道了岂不心痛？
　　到了那时候我作何主张？"

　　"娇，你以为我会那般薄情？
　　　　我可以当着太阳赌咒，
　　　　将来决不把你抛脑后。
　　你们作证呀，过往的神明！"

　　"你千万不要以为我生疑。
　　　　我知道你对我是相恋。
　　　　但你的双亲作何主见？
　　万一他们要你另娶佳妻？"

　　"娘疼我，父亲却一毫不松，
　　　　但我要发誓非你不娶；
　　　　万一他逼我更改主意，
　　我就要私逃来你的家中。

　　我要向岳父将一切说明，
　　　　将过错揽来我的身上。
　　　　那时我们便能长偎傍，
　　不愁别，也不须吊胆提心。

　　你瞧月亮已经落下西山，
　　　　铜盘里盛满红的烛泪，

知道要何时才能再会？
娇呀，别尽着在窗侧盘桓。"

六

晓秋的斜阳照在东壁上；
墙阴里嘶着秋虫的声浪；
枯枝间偶尔飘进一丝风，
把剩余的黄冲吹落院中。
王娇的胸中充满了悲哀，
她是从姨妹的婚礼回来。
她记得昨夜锣鼓的铿锵，
花香与粉气弥漫了全堂，
宫灯的闪烁——但化成轻烟，
飘入了愁云凝结的今天。
记得辞别新人的归途里，
父亲把她出嫁的事提起，
她忍不住在车里哭出声。
父亲不知道她已有情人，
也不知道她已经怀了胎，
尽等周公子总是不见来，
昨天派孙虎去侯府找他，
不知道今天可能够回家。
万一他被逼或是变了心，
她拿什么见爹爹与六亲？
但她的父亲不知道这些，
只是将坐骑靠近她的车，
"小娇呀，你的心我也深知，
我决不让你耽误了芳时。"

他还另外拿了些话安慰，
哪晓得更勾起她的愧悔。
到家后又提起她的亡母。
重数父女同尝过的辛苦；
不知她多一重苦在心头，
想开口又不能，只是泪流。
她不情愿父亲过于伤心，
出了书房，如今走过后庭。
但是院中的房已经空虚，
因曹姨搬去了婿家同居。
她一边走，一边想起当初，
曹姨中年守寡，家无寸储；
她还记得曹姨来的那天，
她正在掐染指甲的凤仙，
看见曹姨带着一个女娃，
有三岁，她忙跑去告诉妈。
从此她有姨妹陪着游玩。
还记得有一次同放纸鸢，
都断了线；她的飞进天空，
姨妹的落上了一棵青松。
甜美的童年便如此飞度，
直到四年后她的娘亡故。
是她亲眼瞧着姨妹长大，
是她亲眼瞧着姨妹出嫁；
但是她自己呢？怀孕在身，
孩子的爹还不知是何人！
她记起昨夜晚遇见曹姨，
低声问周家已否来聘妻。
她要不是瞧着宾客满堂，

真想抱起曹姨来哭一场。
她瞧周生并不像负心汉，
但为何一月来音信俱断？
最伤她心的是对不起爹：
他一向知道女孩儿不邪，
才肯让她与男子们周旋，
在她也是向来处之泰然；
说也奇怪，惟独遇到周生，
她心里才头次种下情根。
灯节的相救，初夏的重逢，
夏日的斋内，巧夕的楼中，
来得又快又奇，与梦无异，
令她眼花缭乱，毫无主意。
这都不能怪她，这都是天。
她这样想时，已到了楼前。
她瞧见孙虎头扎着白巾，
在楼下，她不觉大吃一惊。
她晓得事情是吉少凶多，
不觉浑身之上打起哆嗦；
但在外面还不露出悲哀，
只教孙虎悄悄跟上楼来，
把一切详情说与她知道。
他的头打破了，是和谁闹？
周公子父亲的意思怎般？
他从怀内拿出一只玉环，
交给她，说道："小姐还要听？
不怕听到了我的话伤心？
那么我就讲。昨天的上午
我拜别了姑娘去到侯府，

没向门房说是小姐所差，
只说是王家少爷派我来，
有紧急的事要当面见他。
他瞧见我的时候，惊呼，'呀，
是你！'他把当差遣出书房，
重新向我说：'你家的姑娘
好吗？我这一向因为事多——'
"哼，什么事！不过是讨老婆。"
王娇道，"什么？""小姐别伤心，
这负心汉已经另娶了亲。
我当时真气，说：'你问自己，
她好不？小姐哪桩辜负你，
你居然能够忍心把她抛，
消息毫无，使她日夜心焦？
你自己问良心，这可应该？
今天是她差我上贵府来，
问问你没有消息的缘由。'
他听到说，假装皱起眉头，
唉声叹气，连我都当是真，
他说：'想不到天意不由人。
我自从离开府上回了家，
一心指望即日娶过娇娃；
哪知道我的父亲不允许。
他说，一个小武官的闺女
怎么同我的儿子配得来？
这给人听到嘴不要笑歪？
并且这女孩子本来轻佻，
不是她抛头露面的招摇。
我的儿子怎会陷入网中？

那父亲也未免家教太松，
不算小户了，却无个内外；
如今好了，女儿为他所害。
我决不情愿被叫作糊涂，
何况我家祖上受过丹书，
我决不让儿子这样成婚，
被人家传出去当作新闻。
娘，她见我回了家，真喜欢，
并且女子的心肠软似男，
她总劝父亲顺我的意思。
他与娘不知闹过多少次。
我知道他的心无法可回，
就趁了一晚风呼呼在吹，
偷着翻过花园想逃出去。
哪知正翻时与更夫相遇。
更夫怕我逃了，父亲治他，
连忙把我的两条腿紧抓，
任我百般哀求，都不放松。
他把我送回去了书房中，
在书房外守了一个通宵，
怕我得到旁的空又偷逃。
第二天早上他禀知父亲，
父亲听到时候，大发雷霆，
亲自拿棍子打了我一顿，
教两个当差的将我监禁，
并且教他们日夜里巡逻。
他一面又派人去找媒婆，
打听哪个官府里有姑娘。
唉，我被两个人监在书房，

就是想偷跑也无路可通，
况且父亲拷打得那般凶，
你想除顺从外有何方法？'
　'只怪我家小姐当时眼瞎，
认识了你这个负心的人，
使得她如今进退都不能。'
　'把气平下，让我们慢慢谈，
瞧可有方法打通这难关。'
　'想方法？那还不十分容易？
你当时既有偷逃的胆气，
现在何不也—逃以了之？'
　'唉，你晓得如今不比当时，
如今我已娶了妻子在家，
我跑了时如何对得起她？'
我一听不由得气满胸膛，
大声叫道，'那么我家姑娘
你对得起吗？'他说：'你息怒。
我也并非愿意将她辜负，
只不过父亲的严命难违。
已往的事如今也不能追，
让我们想可能亡羊补牢。'
说着话，他找出黄金十条，
　'这送你家的小姐作妆奁；'
他同时又把手探进胸前，
拿出我交给小姐的玉环，
　'这是她送我的，如今奉还。
你向她说我是无福的人.
只望她嫁一个好的郎君。'
　'什么！你把我家小姐丢开？

那么当时谁教你骗她来？
这玉环是她的，我要带回，
免得宝物扔上了粪土堆。
谁稀罕你的金子，真笑话！'
我气得把它们扔在地下，
　'我孙虎都不稀罕这黄金，
何况我家小姐金玉为心？
别的不提，骗了我家姑娘，
一切纠葛就要由你承当。
现在她腹中已经有了喜，
她在家一天到晚的候你，
候你去认为这孩子的爹。
你难道良心都没有一些，
能够坐着看她被别人羞，
看她下水，你不肯略回头？'
　'娶她过来作妾，你瞧怎样？
听到此，我的气直朝上撞，
　'什么！你敢污辱我家千金？
我今天要舍了命同你拼。
你这畜生！我家老爷的官
虽然不大，也是朝廷所颁，
我家小姐怎与人作偏房？
我孙虎也吃过皇家的粮，
这口气教我如何忍得下？'
我一边这样的把他大骂，
一边要捶他。那怯汉高呼，
　'张千，张千，快抓住这强徒！"
呼声惊动了房外的当差，
他连忙入内把我们挡开。

我冲了几次都没有冲过，
反被那厮把我的头打破。
唉，年纪老了，什么都不中用。
要像当年那般破阵冲锋，
不说一个，十个我也打翻；
我早抠出那小子的心肝，
一把抓过来献上给小姐，
教人知道王家并不好惹！
唉，年纪大了，什么都不行。
说到此，他的泪落满衣襟，
"唉，老爷立下过多少功劳，
都是因为他的生性孤高，
不肯弯下腰去阿附上司，
才这样穷，但他毫无怨辞。
想不到虎落平阳被犬欺，
姑娘又遇到这个坏东西。
并且他是我头次引来家，
我恨不得一把将他紧抓，
撕成两片，心里面才痛快。"
老仆人这时汗迸出脸外，
一根根的筋在额角紧张，
光明发射出已陷的眼眶，
喉咙里呼噜的尽作响声，
愤怒如今充满他的灵魂。
王娇一语不发，只是流泪，
她抬起了已经垂下的头，
颤声的说："你不须将气动，
与这班人动气也不中用。
你的头新破，经不起悲伤，

歇歇去罢。这回累你多忙。
等到你的头休养好了时，
我们再商量办法也不迟。"
女郎呀，你何尝要想法来？
你不过是将老仆人支开，
怕他年纪大，经不起伤心。
你已将自家的命运看清：
你如今知道了那个兆头
何以有红丝缠绕在咽喉，
你如今知道了那同心结
你因之而生，也因之而灭。
看那：墙头已不见太阳光，
只有些愁云凝结在苍穹；
主宰这人间的换了黑暗。
我听到了你的一声长叹，
床头的窸窣，扣颈的声音，
喉中发过响后．便是凄清。
去了，去了，痴情逃上九天，
如今只有虚伪盘踞人间！

七

白烛摇颤着青色的光明，
女郎的灵柩在白帏里停。
黑暗与沉默笼罩住世界，
天空里面瞧不见一颗星。

春日的百花卷起了芳馨，
夏天去了，鸟儿不再和鸣；

辞了枝的秋叶入土安息；
河水在严冬内结成坚冰。

听哪，是何人手挽着亡灵，
在白帏后倾吐他的哀音？
哭声在夜里听来分外惨。
可怜哪，你这丧女的父亲！

更可怜哪，连哭都不成声，
因为他是六十开外的人，
只有一声声的抽噎发出，
表示他已经碎了的灵魂。

"娇儿呀，你竟忍心与我分？
现在更有谁慰我的朝昏？
这世间的事情说来奇怪：
要上了年纪的人哭后生！

娇儿呀，你何不说出真情，
只是闷着，一人受恐担惊？
都是我作父亲的害了你，
谁教我耽误了你的青春？

娇儿呀，我怕误了你终身，
才将你的事耽搁到如今；
娇儿呀，你不要埋怨我罢，
你要知道我已经够伤心！

妻子去了，女儿也已归阴，

我在人世上从此是孤零，
这样生活着有什么滋味？
等着罢，等我与你们同行！"

回答他哭声的只有凄清。
灵帏上摇颤过一线波纹，
接着许多落叶洒上窗纸，
树枝间醒起了风的悲吟。

1926 年 1 月 19 日 –2 月 12 日

饮　酒

是人生不容爱，
人生好比是暴君，
逆他的必死，
到了那时辰
我要想呀都不能。

情况既然如此，
又何必苦眼愁眉？
我有口能饮，
酒又爱般美
斟罢，快斟上一杯！

婚　歌
——一篇未完的诗

让喜幛悬满一堂，
映照烛的光；
　让红毡铺满地上；
　让锣鼓铿锵。
　低吹箫，
　慢拍铙，
让乐声响彻通宵。

洞房中要用香熏，
　要牡丹插瓶，
要圆月般的金镜，
　照一对新人，
　帐沿中，
　要有蜂，
轻落进绣球花丛。

春　风

春风呀春风，
这是你应当做的：
　　母亲样
　　摩抚着儿童。

春风呀春风
这是你喜欢做的：
　　轻吻着
　　女郎的笑容。

春风呀春风
这是你不该做的：
　　催出泪
　　到老人眼中。

我的心（二）

你不累么，我的心，
这般劳碌着时刻不停？
万物中只有你与流水
不曾在夜里寻过梦神。

你不累么，我的心，
你向来没有发过怨声……
唇与舌终天摇个不住
何尝又对你谢过殷勤？

你不累么，我的心，
像娘对儿女好歹不分，
向了四肢你输送血液——
不论是治伤或是行文。

你也累了，我的心；
六十年之内尝遍苦辛，
你到底停了，长眠地下……
但是胞胎已化作儿孙。

无 题

只需有女郎
伸来手指温柔
轻抚这诗章
与创疣……
此外我更无所求。

只需有女郎
为它一笑含羞，
笑声似笛腔
与鸟讴……
此外我更无所求。

只需有女郎
为它热了双眸。
珠泪洒篇旁
与卷头……
此外我更无所求。

岁　暮

　　在这风雪的冬天，
幻异的冰花结满窗沿，
　　凉飙把窗户撼——
　　　　饮酒呀！
让我们，对着炉火炎炎，
　　送这流年！
在这瞬息人间，
蜡烛无声的销下铜签，
　　烛灭众宾随散——
　　　　高歌呀！
把哀弦急管催起筵前，
　　消这愁煎！

幸　福

　　幸福呀，在这人间
向不曾见你显过容颜……
　　唯有苦辛时候，
无忧的往日在心上回甜，
　　你才露出真面，
说，无忧便是洪福——
等你说了时，又遮起轻烟。

　　有时我远望天边，
向希望之星挣扎而前；
　　一路自欣自喜，
任欺人的想象幻出凡间
　　所无有的美满……
　　到了时，只闻恶鸟
在荒郊里笑我行路三千！

　　何必将寿命俄延，
倘若无幸福贮在来年？
　　不过，未来之谜
内中究竟藏了什么新鲜，
　　有谁不想瞧见？
　　因此我一天有气，
一天也不肯闭起眼长眠。

镜　子

美丽拿装束卸下了，镜子
　　知道它是真的呢还是谎；
　　对着灵魂，它照见了真相，
照不见善，恶——人造的名词．

不响，成天里它只是深思
　　又深思……平坦在它的面上，
　　以及冷静，明白；不见往常
那些幻影，与它们的美，疵。

一个省城

江水已经算好了，喝井水的
多着呢。全城到处都是臭虫，
卑鄙的臭虫。最销行日本货，
价钱巧，样式好看。菜蔬与内
比上海贵。夏天，太太们时兴
高领子……还不曾看见穿单袍
没领子的男人。通城的院子
有一个树木多—那是教会的
大学租用着圣保罗的旧址；
似到春天—想必真是
Spring fever①——
定必要闹风潮。东门的城墙
拆了一半，还有一半剩下来；
城外有茅房，汽车站。

是前天
立的秋；像大雨一样，凉风在
树堆子里翻腾着。我凉瞪了，
躺在床上，想起 Have lock
Ellis②的 The《Dance
of Life》③，恭维中国的古代，
说那时知道艺术的来生活……

这班外国人！他们专说几百、
几千年来的腐话！

一阵早钟。
一声儿啼，由外边送了进来。
我出了神靠在床上，思忖着。

注：① Spring fever, 春倦病。
② Have lock Ellis, (爱里士, 1859——1939)英国文学评论家。
③《Dance of Life》（生活的舞蹈），爱里士的代表作之一。

动与静

在海滩上，你嘴亲了嘴以后，
便返身踏上船去开始浪游；
你说，要心靠牢了跳荡的心，
还有二十五年我须当等候，

热带的繁华与寒带的幽谧，
无穷的嬗递着，虽是慰枯寂——
你所要寻求的并不是这些；
抓到了爱，你的浪游才完毕。

在回忆中我消磨我的岁月；
火烧着你的形影，多么热烈！
不必寻求，你便是我的爱神；
供奉，祈祷他，便是我的事业。

风推着树

风推着树。
　像冬天
一片波涛
　在崖前。

吼声愈大。
　树愈傲——
风推不断
　质地牢。

枝杆盘曲
　像图画……
寒带正是
　它的家。

柳浪闻莺

军阀的楹匾点缀着钱王寺。

水磨砖的月窗上雕有云彩，
双龙戏珠……"这是一幅好图案，"
同声的我们说。

"功德坊"前面
是"柳浪闻莺。"鸟儿已经去了，
那细腰的柳树却还在弄姿。

浣女在湖边洗衣。

兵士淘米。

雨

唯有从内地来的到如今
才看见"虹"。

正式的在落雨。
为了买皮鞋油的缘故，我
走过去了四川路桥。

车辆
形成的墙边，有竹篱围着
一片空地；公司竖了木牌，
指明新屋所移去的地点。

没有尾声的喇叭唤过去。
雨落上车顶，落上千佛岩
一般的大厦。它没有沾湿
那扭腰身的"贾四"；那灯光
也仍旧贴了白磁在蜷卧。
如今已是七年了……梅怎样？
那一套新衣裳总该湿了……

泛　海

我要乘船舶高航
　　在这汪洋—
　　看浪花丛簇
　　似白鸥升没，
看波澜似龙脊低昂；
　　还有鲸雏
戏洪涛跳掷颠狂。

我要操一叶扁舟
　　海底穷搜—
　　水黄如金屋，
　　就中藏宝物；
水蔚蓝蕴碧玉青璆；
　　沫溅珍珠；
耀珊瑚日落西流。

我要拿大海为家——
　　月放灯花；
　　碧落为营幕，
　　流苏缀星宿；
绡帐前龙女拨琵琶，
　　酌酒高呼，
任天风播人无涯！

祷　日

是曙光么，那天涯的一线？
终有这一天，黑暗与溷浊
退避了，那偷儿自门户前
猛望见天之巨日而隐匿
去他的巢穴；由睡梦中醒
起了室中的人，行人郊野，
望闳伟的朝云在太空上
建筑黄金的宫殿，听颂歌
百音繁会着，有如那一天，
天宫上，在光轮的火焰内，
凤凰率引了他们，应钟鼓
和鸣？

这真是曙光？我们等，
曙光呀，我们也等得久了！
我们曾经看到过同样的
一闪，振臂高呼过；但那是
远村被灾，啼声，我们当作
晨鸡的，不过是"颠沛"号呼
于黑夜！这丝恍惚的光亮，
像否当初，只是洪水东来，
在起伏的波头微光隐约，

不仅祛除无望，且将挟了
强暴来助黑暗，淹没五岳
三川，禹治的三川？

如我们
是夜枭，见阳光便成盲瞽，
唯喜居黑暗，在一切夜游
不敢现形于日光下之物
出来了的时候，丑啼怪笑——
望蝙蝠作无声之舞；青燐
光内，坟墓张开了它们的
含藏着腐朽的口吻，哇出
行动的白骨；鬼影，不沾地，
遮藏的漂浮着；以及僵尸，
森森的柏影般，跨步荒原，
搜寻饮食；披红衣的女魅
有狐狸，那拜月的，吸精髓
枯人的白骨，还要在骨上
刻画成寄异的赤花，黑朵，
作为饰物，佩带在腰腋间……
那便洪水来淹没了，我们
也无怨；因为丑恶，与横暴，
与虚伪，本是应该荡涤的。
但燧人氏是我们的父亲，
女娲是母，她曾经拿彩石
补过天，共工所撞破的天，
使得逃自后羿箭锋下的
仅存的"光与热"尚能普照
这泰山之下的邦家；黑暗，

永无希望再光华的黑暗，
怎能为作过灿烂之梦的
我们这族裔所甘心？
日啊！
日啊！升上罢！玄天覆盖着
黄地；肃杀的秋，蛰眠的冬
只是春之先导；漫漫长夜，
难道终没有破晓的时光？
如其是天狗……那就教羲和
惊起四万万的铜铙，战退
那光明之敌！

日啊，升上罢！

恳 求

天河明亮在杨柳梢头，
隔断了相思的织女，牵牛；
　　不料我们聚首，
　　女郎呀，你还要含羞……
　　好，你且含羞；
一旦间我们也阻隔河流，
　　那时候
　　要重逢你也无由！
你不能怪我热情沸腾；
只能怪你自家生得迷人。
　　你的温柔口吻。
　　女郎呀，可以让风亲，
　　树影往来亲。
唯独在我捱上前的时辰，
　　低声问，
　　你偏是摇手频频。

马缨在夏夜喷吐芬芳，
那浓郁有如渍汗的肌香，
　　连月姊都心痒，
　　女郎呀，你看她疾翔，
　　向情人疾翔—

谁料你还不如月里孤孀。

今晚上

你竟将回去空房!

棹 歌

水 心

仰身呀桨落水中，对长空；俯首呀双桨如翼，鸟凭风。

头上是天，水在两边，更无障碍当前。
白云驶空，鱼游水中，快乐呀与此正同。

岸 侧

仰身呀桨落水中，对长空；俯首呀双桨如翼，鸟凭风。

树有浓阴，葭苇青青，野花长满水滨。
鸟啼叶中，鸥投苇丛，蜻蜓呀头绿身红。

风 朝

仰身呀桨落水中，对长空；俯首呀双桨如翼，鸟凭风。

白浪扑来，水雾拂腮，天边布满云霾。
船晃的凶，快往前冲，小心呀翻进波中。

雨 天

仰身呀桨落水中，对长空；俯身呀双桨如翼，鸟凭风。

雨丝像帘，水涡像钱，一片白色的烟。
雨势偶松，暂展朦胧，瞧见呀青的远峰。

春 波

仰身呀桨落水中，对长空；俯身呀双桨如翼，鸟凭风。

鸟儿高歌，燕儿掠波，鱼儿来往如梭。
白的云峰，青的天空，黄金呀日色融融。

夏 荷

仰身呀桨落水中，对长空；俯身呀双桨如翼，鸟凭风。

荷花的香，缭绕船旁，轻风飘起衣裳。
菱藻重重，长在水中，双桨呀欲举无从。

秋 月

仰身呀桨落水中，对长空；俯身呀双桨和翼，鸟凭风。

月在上飘，船在下摇，何人远处吹箫。
芦荻丛中，吹过秋风，水蚓呀着寒蛩。

冬　雪

仰身呀桨落水中，对长空；俯身呀双桨如翼，鸟凭风。

雪花轻飞，飞满山隈，飞上树枝上垂。
到了水中，它却消溶，绿波呀载过渔翁。

歌

谁见过黄瘦的花
　　累累结成硕果？
池沼中只有鱼虾。
　　不是藏蛟之所。
人不曾有过青春，
　　像花开，不盛，
　　像水长，不深，
不要想丰富的秋分！
太阳射下了金光，
　　照着花开满地；
春雨洒上了新秧，
　　田中一片绿意。
培养生命要爱情；
　　它比水还润，
　　比日光还温，
沾着它的无不茂生。

有一座坟墓

有一座坟墓，
坟墓前野草丛生，
有一座坟墓，
风过草像蛇爬行。

有一点萤火，
黑暗从四面包围，
有一点萤火，
眹着如豆的光辉。

有一只怪鸟，
藏在巨灵的树荫，
有一只怪鸟，
作非人间的哭声。

有一钩黄月，
在黑云之后偷窥，
有一钩黄月，
忽然落下了山隈

悲梦苇①

像一声鸟鸣，
在月如银的夜间，
低，啼过幽谷，
高，叫在云边；
远空是你的家，
哀音受自苍天——
不说眠了众生，
有谁听你发歌声；
就是鸦雀在枝头谛听呀，
　孤鸟，
你也怎么留连？

注：①梦苇：刘梦苇，湖南人，朱湘曾写文章称赞他作诗格律
严谨。1928 年贫病交加，死于结核病。

那夏天

你莫忘了那夏天，连大地
　都浑身闷热的时光；
你莫忘了路边的那老栗，
　为了你他洒下荫凉。

离开他你去了——天真，美丽
　你穿着贴肉的衣裳
离开了他，你上前去寻觅
　池水边的一圈刺蔷。

未离开的时候——你须忘记——
　有毛虫跌落在鞋旁……
听每天的午钟，你莫忘记
　那夏天的一树风凉！

天　上

天上摇曳着一片云，
我不好穿，我不好穿……
我是泥同土里起的人；
我只能望了她舒展，
在太阳前面舒展衣衫。
石上流出了一股泉，
我不敢饮，我不敢饮……
我的口肮脏，自己羞惭；
我只能让那花去亲，
去亲泉水的纯洁之吻。

冬

冷气中蜷缩着枯的枝条。
三片两片黄叶枝上飘摇；
南飞去的歌鸟留下空巢——
　　树儿静悄
　　它正梦，
　梦着初夏今宵。
只有白的浓霜铺遍寰中；
只有一轮冷月悬挂天空。
肌如雪的嫦娥独宿深宫——
　　月儿懵懂；
　　她正梦，
　梦着丹桂香浓。

生

不要夸阆苑景物辉煌，
金殿上有黄金的太阳；
　　它不如故乡——
　　虽然故乡
　　只馀一片荒凉。
也莫愁冥国雾气迷茫，
远处有风声颤在白杨；
　　只须有女郎——
　　偕了女郎，
　　地狱都是天堂。

散文诗（一）

"进化"走着她的路。路的一旁是山，骷髅与骨殖堆聚成的，冷得，白得像喜玛拉亚高峰上的永恒不变的雪；路的一旁是水，血液汇聚成的，热得，红得像朝阳里的江河，永恒的流动着。但是，她的道路上，她的衣衫上，她的头发上，她的面庞上，她的心坎上，是花，白的与红的。

她唱着她的歌。歌词没有一个人，一头兽，一只鸟，一条鱼，一个虫，一棵树，一块石能听懂；但是，在她的歌声之内，他们鼓舞起来了……一面，他们自食，互食。

由飞蛾一直到爱因施坦，或是飞越过赤血的河，或是攀援过白骨的山，他们辐聚来她的身边，来瞻仰她的容颜，来膜拜，来捧呈上他们的贡品。

幸福的是他们，那些得到了她的一笑的；他们，从此以后，便有太阳的热烈与月亮的冷静永驻在他们的心坎上，以及星辰的灿烂，在他们的思潮中，声响中，以及天河的优美，在他们的姿态中。

略不停留的，她走着她的路，口里唱歌。

看不见她，何默尔扬起了歌声。在黑暗中，悲妥芬回忆着她的光华的节奏。米克朗吉娄为了她消瘦，废寝忘餐。达汶契失望了，搁下了他的已经提起有一半的笔。

向了天边她走去，向了虹的路。

尽管地震，尽管有警告的彗星撞来，她的歌声，是再也没有停息过。像天河一样，她行走着她的永恒的路，在白骨的山坡上，在赤血的河旁。

散文诗（二）

我颂扬一切的"伟大"！

它们是太空中的许多太阳。在它们的热烈的拥抱之下，我们生育；在它们的光华的瞬视之下，我们生长。

它们来了，一切都改变的形象。在一切之上，有"美"的光轮在灿烂。

生存在它们的氛围中，是幸福的。没有萎靡；没有迂滞；没有渺小……没有一切的"伟大"的对象。便是雷，便是风暴，它们，"伟大"的反面，也是伟大的。

在诅咒着你的声响中，同时我们颂扬——啊，"伟大"，我们爱你！

我是一片青草；我是一片绿叶。

我是小溪，我是江河里的一个波浪，我是洋海中的一朵浮沤！

绿叶落了，又有绿叶。

星宿死了，它们的灵魂，在太空之上，仍然灿烂着光明！

太阳收敛了光与热，归返到星云之内……在星云的胞胎内，又有新的太阳在创造！

啊，"伟大"，一切的"伟大"，我颂扬你们！

散文诗（三）

诗灵，"一"里的"一"，"光明"里的"光明"！你给了我热，你给了我智慧，你给了我坚忍；你，诗灵啊，还要继续的给我，给我更多的！

一天我又活一遍。"过去"你收藏着——给我精华；糟粕呢，你去践踏，踏在脚下！"未来"在你的手掌中——给我，如我所应得的！

给我眼睛，好看到你的各相：我好知道怎样来赞颂你，一点不错，一点不漏！

给我耳朵：我好通盘的听见那许多的赞颂你的歌声！给我聪明：我好拿它们一齐听懂，来改善我的歌喉，颂辞，来激发我的勇敢！

在膜拜你之中我骄傲。在膜拜一切的"一"，一切的"光明"之中我骄傲。给我愤恨，我好来愤恨一切的"一"，一切的"光明"的仇敌！

编后记

编　者

本诗集以《朱湘诗集》（四川文艺出版社，1987 年）为基础，同时参考了《朱湘》（孙玉石编，百花文艺出版社，1985 年）、《中国现代经典诗库》（中国社会科学院文学研究所现代文学研究室编，北岳文艺出版社，1996 年）、《中国新诗总系 1927-1937》第一册（谢冕总主编，孙玉石主编，人民文学出版社，2010 年）等与朱湘相关的多个版本的选本和书籍，并进行了校对与订正。在此一并感谢！

朱湘是一位天才型诗人，死后被鲁迅称之为"中国的济慈"。由于性格独特，朱湘在生活中时常碰壁，经济拮据。他的诗注重格律形式，字里行间充满了对哲学与美学的理解。站在编者的角度，我们选取了部分诗歌编成此书，向诗人致敬！

由于视野、学识和资料所限，纰漏之处，在所难免，静候方家不吝赐教。

2019 年 2 月 21 日